L'HISTOIRE

DU

CHAPEAU NEUF

DU PETIT DAVY.

L'HISTOIRE
DU
CHAPEAU NEUF
DU PETIT DAVY;

PAR ROBERT BLOOMFIELD,

Auteur du Garçon du Fermier ;

TRADUITE DE L'ANGLAIS

PAR J. P. BERTIN.

PARIS,

CHEZ FR. LOUIS, LIBRAIRE,

Rue Hautefeuille, N.° 10.

1818.

AUX PÈRES ET MÈRES.

QUELQUE peu important que cela puisse paraître aux jeunes gens et aux personnes d'un caractère irréfléchi, quand un nouveau livre pour les enfans est introduit dans une famille, c'est un devoir indispensable pour les pères et mères, ou ceux qui sont chargés de surveiller les enfans, que de savoir ce qu'il contient. S'il peut leur enseigner de faux principes, l'orgueil de la richesse, ou plus particulièrement la superstition, pour l'amour de Dieu, employez-le à allumer le feu. J'ai été imbu de cette idée, il y a plus de quarante ans, par ma mère, maîtresse d'école de village, et je n'ai jamais eu de motif pour réformer cette première opinion. On m'apprit alors à estimer *la Bonne Mère à deux Souliers*, pour ses excellens traits contre la superstition, et à lire l'*Histoire de Jack, l'exterminateur des Géants*, afin de remarquer ses abominables absurdités.

C'est en 1801 que j'écrivis l'historiette suivante, dans le dessein d'essayer l'effet qu'elle produirait sur l'esprit de mes propres enfans. J'en abaissai le style au niveau de leur intelligence, et je réussis au-delà de mes espérances. Après être resté oisif sur mes tablettes pendant quatorze années, DAVY voit le jour, pour courir la chance de plaire d'une manière plus étendue. Peut-être que les caractères sont trop bons, trop parfaits, pour ce que nous avons le malheur de voir réellement dans la vie ; mais je suis certain que leur pauvreté n'est point exagérée. Cette historiette convient surtout aux enfans de la campagne, et elle obtiendra principalement l'approbation de ceux qui cherchent à propager le bon naturel et la bienveillance.

PRÉFACE

DE LA SECONDE ÉDITION ANGLAISE.

L'HISTORIETTE suivante est déjà répandue, et je donne à mes lecteurs l'assurance que lorsqu'elle parut pour la première fois, je n'avais pas la moindre idée que les journalistes en feraient mention; car je vis dans un lieu retiré, et très-peu accessible aux nouvelles littéraires. J'apprends néanmoins qu'ils ont daigné condescendre à en parler : et, dans cette seconde édition, je me suis efforcé de corriger les fautes qu'ils ont indiquées, et j'éprouve du plaisir à le faire.

Dans le principe, je sentis de la répugnance à y mettre mon nom comme en étant l'auteur; mais je me suis aperçu depuis que cette répugnance provenait d'un sentiment de vanité ou de quelque autre sentiment aussi inexcusable. Je crois sincèrement que les critiques emploient d'une manière aussi utile leur temps à examiner et à censurer ces efforts inférieurs de la littérature, destinés à une génération naissante, qu'à l'examen de ces écrits abstraits et métaphysiques, que les lecteurs de cette historiette, par exemple, ne seront pas en état de concevoir d'ici à trente ans. Plus je vivrai, plus je serai convaincu de l'importance des livres pour les enfans. Cette opinion semble être universelle, et je ne cause pas avec un homme ou une femme de cinquante ans, sans leur entendre dire que ce qu'ils ont lu dans leur enfance, était très-inférieur aux ouvrages écrits de nos jours pour la jeunesse. Lecteur, demandez-vous à vous-même si ce que j'avance n'est pas une vérité, et ressouvenez-vous des noms célèbres de mes supérieurs, qui ont essayé de faire pencher, ou, peut-être, ont fait pencher entièrement la balance en faveur de vos enfans et des miens ; et alors quand vous vous rappellerez les noms du docteur Watts, de mistress Barbauld, de mistress Trimmer, de mistress Wakefield, de miss Edgeworth, et de beaucoup d'autres, permettez-moi, sans aucune crainte et sans aucune honte, de me signer,

Très-respectueusement,

Robert Bloomfield.

Shefford, comté de Bedford,
27 *Février* 1817.

L'HISTOIRE

DU CHAPEAU NEUF

DU PETIT DAVY.

CHAPITRE PREMIER.

Le temps était très-obscur; on n'apercevait aucune étoile; il faisait un vent très-froid, et de grosses gouttes d'eau tombaient des arbres, lorsque Miss Wideland, revenant chez elle en cabriolet par une sombre avenue, fit la rencontre d'un petit garçon qui était tout seul. La jeune demoiselle en conçut une vive alarme, et s'écria : « Qui êtes-vous? qu'êtes-vous? » Une voix répondit : « C'est Davy, Madame. » — « Mais, vous m'avez tout-à-fait effrayée, Davy ! Que pouvez-vous faire ici à une pareille heure de la nuit? » — « Je ne fais que de sortir, reprit Davy, pour aller au-devant de ma mère, qui revient de la boutique. »

Dans ce moment la jeune Dame regardant de près ce petit garçon, lui dit avec beaucoup d'intérêt : « Quoi! mon enfant, que Dieu bénisse! vous n'avez pas de chapeau! » — « Non Madame, répondit-il; mais mon père dit qu'il m'en achetera un dans peu. » — « Le pauvre petit! » dit-elle avec beaucoup de sensibilité; puis se penchant hors de son cabriolet, elle lui donna six pences (douze sous), quoiqu'elle eût de la peine à distinguer sa petite physionomie dans l'obscurité. Lui ordonnant ensuite de s'éloigner des roues de sa voiture, elle se dirigea lentement vers sa maison, et songea beaucoup à Davy tout le long de la route.

Quoique ce petit garçon n'eût pas de voiture pour gagner son gîte, il s'en alla avec autant de vitesse et de légèreté que s'il en avait eu une, et, ouvrant la porte avec précipitation, il ne s'arrêta point pour la fermer (faute dont les petits garçons sont souvent coupables); mais il courut à son père, qui était assis au coin du feu, et lui dit à haute voix, en ouvrant ses yeux remplis d'allégresse, et en avançant la main : « Mon père, j'ai une pièce de six pences ! » Cette nouvelle empêcha son père de le gronder comme il l'avait mérité, en laissant la porte ouverte par une nuit froide.

Dans ce moment sa mère rentra, et dit : « Quoi ! au nom de la patience ! êtes-vous si échauffés pour rester ainsi la porte ouverte ? c'est un de vos tours, Davy ? » Mais il parvint encore à faire cesser ces remarques, en disant : « Ma mère, Miss Wideland m'a donné six pences ! » — « Est-il possible ? reprit la bonne femme ; elle a toujours été une bonne demoiselle ; elle a donné à ton pauvre frère Will (1) bien des six pences, avant qu'il s'enrôlât pour l'armée! je pense qu'elle n'en sera pas plus pauvre pour cela. » — « Je n'en sais rien, reprit Davy; mais ce que je sais, c'est que je les ai. » Et il allait déboutonner sa poche lorsque son père lui fit de nouvelles questions, et lui dit : « Par quel hasard cette jeune Dame t'a-t-elle vu, Davy, et que t'a-t-elle dit? » — « Ce qu'elle a dit! J'étais, dit-il, dans l'avenue, et je crois qu'elle m'a donné ces six pen-

---

(1) Abréviation de William (*Guillaume*).

ces parce que je n'avais pas de chapeau ; car elle a dit : « Le pauvre enfant ! » — « Ah ! pauvre enfant en effet ! dirent en même temps et le père et la mère ; mais, Davy, nous t'en acheterons un dans peu. » — « C'est ce que je lui ai dit, mon père, reprit l'enfant ; et ces six pences, je le sais, vous aideront à l'acheter. »

Le père et la mère de Davy étaient fort pauvres ; on pouvait en dire autant du bon vieux maître Woodly son grand-père, qui demeurait avec eux, et qui avait des cheveux blancs comme la neige. Ils gagnaient leur vie à faire des balais de bouleau; mais le grand-père était très-cassé, et le père n'était pas long-temps en bonne santé : de sorte que leurs efforts réunis avaient encore de la peine à leur procurer du pain. La mère portait une jupe raccommodée de toutes pièces assez mal assorties; mais elle s'en embarrassait fort peu tant qu'il n'y avait pas de trous. Une des extrémités de la maison qu'ils habitaient, était tombée en ruines faute de réparations faites en temps utile; mais il leur restait suffisamment de place pour loger la famille. Le sol s'élevait à un tel point derrière le bâtiment, que l'extrémité élevée du jardin se trouvait presque de niveau avec la cheminée ; et le grand-père, qui était un homme de bon sens, et qui avait la mémoire bien meublée, aimait à s'y tenir assis dans un vieux fauteuil d'osier qu'il avait fait dans sa jeunesse. Le soleil l'échauffait de ses rayons, même dans certains jours d'hiver, et le coteau le préservait du froid. Cétait là que Davy commençait à faire partir son cerceau, et il roulait de lui-même jusqu'à la porte de derrière, et quelquefois il traversait de la maison sur le grand chemin.

CHAPITRE II.

Le père de Miss Wideland était un fermier qui avait en sa possession beaucoup de chevaux, de vaches et deux troupeaux de moutons: des magasins de foin et de blé, produit de cinq cents acres (arpens) de terre, lui appartenaient. Mr et Mistress Wideland passaient généralement pour des personnes douées d'un naturel bienveillant envers tout le monde ; mais les malheureux du voisinage assuraient que Miss Wideland était la plus obligeante de la maison ; car elle demandait souvent à sa mère du lait écrêmé pour eux ; tandis que la laitière n'osait pas en donner, parce qu'il était destiné aux pourceaux !

Je ne sais pas si c'est une chose tout-à-fait raisonnable que de donner du lait à des pourceaux, tandis que de pauvres enfans se trouvent obligés de s'en passer ; mais il arriva un matin que Davy se leva beaucoup plus tôt qu'à l'ordinaire, et qu'ayant bien faim, il témoigna un vif désir d'avoir une tasse de lait pour déjeûner, car il l'aimait beaucoup : sa mère lui dit qu'elle avait été elle-même, la veille, sur la brune, chez M. Wideland, mais qu'elle n'en avait pas pu obtenir, et que la laitière lui avait déclaré avoir reçu l'ordre de n'en pas vendre. « J'avais besoin d'un peu de lait comme toi, Davy, pour faire un pouding (1), car

(1) Sorte de mets fait avec de la farine mêlée de raisins de Corynthe ou de raisins

je ne me sens pas très-bien ; mais je suis obligé de m'en passer. »

« Irai-je essayer d'en avoir ? » reprit Davy. » — « Y aller, mon enfant ? mais à quoi cela te menera-t-il ? » — « Qui sait? continua Davy : je m'imagine que si je puis voir Miss Wideland, je pourrai en obtenir un peu de lait. » Il partit aussitôt avec une cruche qui pouvait en contenir trois pintes,

---

secs, qu'on lie dans une serviette pour le faire bouillir dans l'eau jusqu'à ce qu'il ait acquis un degré de cuisson suffisant.

et se mit à siffler dès qu'il eut franchi le seuil de la porte.

La prairie qu'il avait à traverser était couverte d'une rosée étincelante; et il s'aperçut qu'en écrasant l'herbe avec ses pieds, il laissait une marque ou une trace derrière lui. Il essaya en conséquence de s'avancer en droite ligne vers un arbre à l'extrémité du champ, et de tracer une espèce de sillon comme il l'avait vu faire à des laboureurs avec leur charrue. Il s'était amusé à marcher long-temps en ligne très-droite, quand un gros coq-dinde avec sa tête rouge, et un gloussement désagréable, l'attaqua, et l'écarta de son sentier. Davy n'avait rien pour sa défense que sa cruche; il était moitié en colère et moitié effrayé, et il lui eût certainement jeté son chapeau s'il en avait eu un; mais il fut obligé de s'enfuir de toutes ses forces.

Pour traverser la cour de la ferme, il fallait qu'il passât près de la fenêtre du parloir où Miss Wideland avait coutume de se tenir, et le hasard voulut qu'elle s'y trouvât ce matin. Lorsque Davy s'aperçut qu'elle le regardait, il lui fit un beau salut, un de ses plus beaux. Sa figure avait été lavée, et ses blonds cheveux avaient été peignés avant son départ. C'était un joli enfant; et, ce qui vaut beaucoup mieux, il était, après tout, un très-bon garçon.

« Eh bien, Davy, que viens-tu chercher? » lui dit-elle, quoiqu'elle devinât assez bien son message par sa cruche. Davy se contenta de lever sa cruche, et répondit : « Madame, je n'ai pas déjeûné. » Il fut invité à passer dans la laiterie, où non-seulement sa cruche fut remplie, mais où la servante lui donna une poignée de lait caillé pour manger en retournant chez lui.

La pie qui appartenait à M. Wideland, pouvait parler sur presque toutes choses ; elle sautillait après les étrangers, et quelquefois elle becquetait leurs talons, et sur-tout ceux des filles qui avaient des trous à leurs bas. Davy fut enchanté d'entendre l'oiseau lui demander : « Quelle heure est-il? » puis lui dire : « vite, vite, Jack (1). » Pour jouir plus

(1) Jack est un sobriquet d'amitié que l'on donne aux enfans, et qu'ils s'appliquent entre eux sans se connaître. (*Note du Trad.*)

long-temps de la société de cet oiseau bavard, Davy traversa la cour à reculons; et en s'y prenant ainsi, il heurta sa cruche contre un poteau. Par un coup un peu plus fort elle se fût brisée. Des paroles oiseuses comme celles de la pie empêchent quelquefois les gens sages de se tenir sur leurs gardes.

Quoi qu'il en soit, lorsque Davy fut parvenu de nouveau à la prairie, il se crut en sûreté, car le coq-dinde était parti; mais là, comme il passait à côté de la haie, il vit une longue branche de saule propre à faire de très-excellens sifflets. Quoiqu'il eût besoin de déjeûner, il ne put s'empêcher de s'arrêter pour couper cette branche tentatrice, qu'il eût pu fort bien se procurer dans un autre temps.

Les petits garçons de la campagne sont, pour la plupart, habitués à porter un couteau dans leur poche, quoiqu'ils soient rarement fort afilés. Il posa sa cruche sur le gazon, et il venait de couper la branche, quand il aperçut la truie de M. Wideland, et ses petits qui accouraient vers lui. Ils entourèrent aussitôt sa cruche, et il crut que c'en était fait de son déjeûner. Il se mit à crier de toutes ses forces pour les épouvanter, et à descendre le plus promptement possible; mais dans sa précipitation il lâcha prise, et tomba la tête en avant dans le fossé. Le bruit qu'il fit en tombant effraya les cochons et sauva son lait.

Il poursuivit son chemin vers la maison en réfléchissant à ses infortunes; car les garçons et les filles savent, comme les hommes et les femmes, quand ils ont quelques torts. C'était fort mal de s'amuser, et de penser à faire des sifflets, quand il aurait dû porter son lait à la maison ; et le cœur de Davy lui dit qu'il aurait mérité de perdre son déjeûner. Quoi qu'il en soit, il emporta chez lui son lait et sa branche de saule également : sa mère fut enchantée de voir le pot rempli. Mais Davy avait honte de raconter tout ce qui lui était arrivé ; et en conséquence il ne lui parla que du coq-dinde et du lait caillé.

CHAPITRE III.

Après déjeûner Davy fit ressouvenir à sa mère que puisqu'il avait mis dans sa tirelire au haut du buffet les six pences que Miss Wideland lui avait données, cela faisait juste dix-sept pences et un demi penny (35 sols) ; car depuis long-temps il économisait pour acheter un chapeau. Sa mère l'entendit avec un mélange de plaisir et de peine, car elle savait, quoique Davy fût loin de s'en douter, que sa tirelire était vide; elle avait été obligée de prendre l'argent de Davy afin de compléter la somme nécessaire pour acheter un pain; car M. Snapgroat de la boutique, lui avait fait crédit de quelques schellings dans le courant de l'hiver, et ne voulait plus être en avance avec elle. Mais comme on était au milieu de mars, elle avait tout lieu d'espérer pouvoir s'acquitter avec lui, et de se trouver moins dans la gêne lorsque le temps serait devenu plus beau. Elle n'aimait pas beaucoup à prendre du pain chez le boulanger; mais quoiqu'elle eût un four dans sa maison, il arrivait souvent qu'elle n'avait pas de quoi acheter de la farine, et c'était parce que tout leur argent s'en allait en pain et en farine, que l'enfant allait tête nue.

Le vieux père Woodly était allé faire le tour du clos pour se promener, et avait rapporté à la maison une poignée de primeroses. La vue de ces fleurs donne toujours aux pauvres gens l'idée que l'hiver tire à sa fin, et que les peines qu'ils endurent vont diminuer de jour en jour. Ce fut ce qui arriva dans cette famille.

Davy n'avait été à l'école que très-peu de temps ; mais son grand-père s'était chargé de lui apprendre à lire. Ils étaient tous deux sur le banc devant la porte, et Davy essayait d'épeler un mot de trois syllabes, lorsqu'ils entendirent la grande porte s'ouvrir au sommet de la colline, et virent Miss Wideland venant lentement vers la porte.

Comme elle s'approchait, le grand-père se levant de son siége, la salua ; mais Davy aussitôt qu'il là vit, la salua, et deux ou trois fois ensuite.

Au moment où Miss Wideland s'approcha de la porte, Jane, la sœur de Davy, âgée d'environ trois ans, tomba sur le seuil; et sa mère, en essayant de la retenir, laissa tomber une théière favorite dont elle se servait depuis plusieurs années; c'était un malheur par cette raison; mais Mistress Woodly n'était pas de ces femmes qui sont dans l'usage de faire beaucoup de bruit pour des bagatelles.

Le front de l'enfant était meurtri; mais son frère, qui l'aimait tendrement, avait été habitué à la soigner, et il savait toujours la calmer plus vite que sa mère.

Lorsque tout fut apaisé, Miss Wideland entra dans la maison, et prit un siége. Le bon vieillard Woodly imitant son exemple, s'assit dans son fauteuil, et se sentit l'âme si joyeuse de voir cette aimable Demoiselle venir leur rendre visite, qu'il oublia tout-à-fait son rhumatisme à l'épaule, qui l'avait incommodé toute la matinée. Ils lui firent et lui renouvelèrent un million de remercîments des bontés qu'elle avait eues pour eux et pour plusieurs autres de la paroisse ; mais elle détourna la conversation, et considéra d'un œil de pitié la pauvre Mistress Woodly, qui tournait et rajustait les fragments de sa théière cassée.

« Mistress Woodly, lui dit-elle en souriant, que Davy en aille chercher une autre à la boutique, et qu'il dise que je la paierai. »

Davy partit aussitôt, en disant qu'il en apporterait une bleue.

Dès que l'enfant fut sorti, la conversation devint très-animée ; et Miss Wideland demanda à

Mistress Woodly s'il y avait long-temps qu'elle avait reçu des nouvelles de son fils Will ?

Cette question affecta d'une manière sensible la pauvre femme ; car il y avait une année entière qu'il lui avait écrit ; « mais, dit-elle, je vis dans l'espérance de le revoir ; seulement ce qui m'inquiète, c'est que mon mari assure que la Jamaïque est un pays malsain. »

Ici le vieux Woodly dit qu'il avait perdu dans cette île un frère qui était un fort beau jeune homme ; mais il revient beaucoup de monde de ce pays ; et pour quelle raison mon petit-fils n'aurait-il pas le même bonheur? Si nous pouvions avoir la paix, je ne douterais pas un seul instant de le revoir, tout vieux que je suis.

« Ah! (dit Mistress Woodly en prenant une prise de tabac); mais Dieu seul sait quand ce bienfait nous sera accordé. La farine a été d'un prix si exorbitant, et cela, dit-on, à cause de la guerre, que je ne sais comment nous pourrons faire pour vivre les six autres mois prochains, comme nous l'avons fait ces six derniers (1). En vérité, il me prend une envie extrême de manger un petit morceau de viande, quand le boucher passe à cheval devant la maison avec son panier. Certainement, mon mari se portera mieux à présent ; voilà le printemps qui s'approche, et j'éprouve toujours de la consolation à espérer, quoique mes espérances se trouvent souvent déçues. »

« Et vous n'avez pas le moyen d'acheter de la viande ? reprit

---

(*) On se rappelle que l'auteur a composé son manuscrit en 1801.

Miss Wideland ; je croyais que par ces temps calamiteux vous receviez quelques secours ? »

« Je vais vous dire, jeune Lady, ce qu'il en est, reprit le vieillard (car Mistress Woodly avait été obligée de courir après Jane). La partie opulente de cette paroisse qualifie de commerce notre métier de faire des balais, et je présume que c'est ce qui a fait que nous avons été si négligés. Nous avons voulu déterminer notre fils à aller plaider notre cause auprès des fermiers ; mais je crois qu'il se résoudrait plutôt à mourir de faim, que de prendre ce parti, quoiqu'il n'ait jamais été beaucoup plus riche qu'il ne l'est maintenant; ce qui diffère un peu de moi. Il fut un temps où j'avais une ferme....

Tandis que le vieillard prononçait ces mots, Davy entra avec la théière.

« En voici une bleue qui est très-jolie, ma mère! M. Snapgroat m'a demandé si j'avais cassé la vieille? mais je lui ai dit que c'était vous-même. »

On imposa silence à Davy, et le vieillard continua ainsi son histoire :

« Je disais, Miss, qu'il fut un

temps où je tenais une ferme. Je ne demeurais pas, il est vrai, dans cette maison ; mais le vieillard qui vivait comme fermier dans cette maison-ci, est maintenant dans une maison de retraite à environ dix milles d'ici. Vous voyez, Miss, qu'elle a été beaucoup plus grande qu'elle ne l'est maintenant. »

« Ah! dit Davy, et ma mère dit que la chambre où je couche était autrefois la chambre à fromage? »

« Silence, Monsieur, dirent la mère et le grand-pere à la fois ; c'est une impertinence que de parler quand les autres parlent. »

Miss Wideland fut douloureusement affectée de ce qu'elle entendait ; car elle souffrait en entendant se plaindre de maux qu'elle ne pouvait pas soulager ; mais elle leur promit que s'ils se trouvaient encore dans la détresse, et qu'ils voulussent l'en instruire, elle parlerait de leur position à son père et aux autres fermiers, et qu'elle ferait tout son possible pour les aider.

Mistress Woodly s'essuya les yeux, et Davy parut vouloir faire quelque remarque ; mais dans ce moment il vit quelque chose remuer dans un paquet que la jeune dame tenait sur ses genoux, et, sans cesser de tenir ses yeux fixés dessus, il s'en approcha, pour voir ce que c'était.

CHAPITRE IV.

« Que peut-il y avoir de vivant dans ce mouchoir? pensait Davy; j'aimerais à le savoir. »

Miss Wideland vit qu'il avait découvert quelque chose d'animé, et ne put s'empêcher de sourire en le voyant regarder si attentivement son paquet. Elle lui dit d'avoir de la patience, et qu'elle lui montrerait ce que c'était. « Mais, dit-elle, si votre mère est si pauvre, qu'elle n'a pas le moyen d'acheter de la viande pour elle, je doute qu'elle puisse jamais consentir à se charger de garder ce petit animal, que l'on était sur le point de noyer. Je n'ai pu souffrir qu'on le jetât dans l'étang, et je l'ai apporté à votre mère pour savoir si elle pourrait le garder chez vous. C'est un bien petit animal; il ne mangera pas beaucoup. »

Alors elle délia le paquet, et mit par terre un fort joli petit chien. Chacun le regarda d'un air de compassion ; et quand il se mit à courir autour du chat, et à japper, Davy fut plus joyeux encore que lorsqu'il avait reçu les six pences.

« O ma mère ! nous le garderons ; je suis sûr que mon père l'aimera : je vais l'aller chercher. »

Davy se mit à courir vers le hangar où son père faisait des balais, et le persuada de venir voir le petit chien.

Son père, instruit que Miss Wideland était à la maison, l'y accompagna, mais plutôt pour voir la jeune lady, qui avait été là bienfaitrice de Davy, que pour voir le petit chien.

Ils se trouvèrent donc ainsi réunis. Mistress Woodly et son époux songèrent au plaisir qu'ils auraient goûté à servir sur la table un pot d'aile (1) qu'ils auraient brassé eux-mêmes; mais la drèche avait été trop chère pour cela depuis quelques mois; de sorte qu'ils n'en parlèrent pas, et qu'ils se contentèrent

---

(*) Espèce de bière très-spiritueuse et très-agréable à boire, surtout quand elle est fabriquée à la campagne, où elle n'est pas sophistiquée comme à Londres. (*Note du Trad.*)

de dire avec Davy, que le chien était fort joli. Mais quand Davy témoigna le désir de le garder, sa mère lui dit à l'oreille qu'ils n'avaient rien à lui donner à manger, et qu'elle ne pouvait supporter l'idée de le voir mourir de faim; ce qui était encore pire que de le noyer.

Davy se gratta la tête, et ses yeux, qu'il détourna de sa mère, rayonnèrent de joie; et sans insister davantage, il se jeta aux genoux de Miss Wideland, et, la regardant, il lui dit :

« Madame, ne me permettrez-vous pas d'aller tous les jours

chercher du lait chez vous, pour nourrir ce petit chien? »

« Oui, certainement, Davy, dit-elle, et pour ta mère aussi, si elle veut garder le chien. »

« J'irai donc, reprit-il avec vivacité. Je voudrais bien savoir s'il deviendra assez gros pour traîner ma charrette de navets, comme le fait celui de Jack Greenway! A propos, ma mère, comment le nommerons-nous? »

« Je pense, dit-elle, qu'on devrait l'appeler *Pitié* (1); car

---

(1) *Pity* en anglais veut dire *pitié*.

(*Note du Trad.*)

c'est la pitié qui lui a sauvé la vie. »

Ils furent tous d'accord de le nommer ainsi, et de le garder pour l'amour de la pitié.

On ne s'occupa pendant tout ce temps-là que de l'enfant et du petit chien. Le moment néanmoins était arrivé, pour Miss Wideland, de déclarer le véritable objet de sa visite, indépendamment de celui d'apporter le petit chien. Elle allait voir une de ses tantes à un village éloigné de plus de deux lieues et demie, et son intention était d'y aller en cabriolet ; et comme il y avait sur la route beaucoup de barrières à ouvrir (1), elle avait besoin que Davy l'accompagnât : c'était pour ce petit garçon une promenade charmante, et elle promettait d'en avoir soin, si ses parens voulaient le laisser aller. Ils dirent tous que ce se-

(1) En Angleterre, les routes traversent souvent des prairies immenses où paissent nuit et jour des bestiaux, puisqu'il n'y a pas de loups. Ces propriétés sont entourées de haies qui les séparent, et elles communiquent néanmoins les unes avec les autres au moyen de barrières ou de guichets que les gens à cheval et en voiture sont obligés d'ouvrir et de fermer.

rait un bien petit valet de pied; mais qu'ils ne pouvaient la refuser, puisqu'elle avait eu tant de bontés pour eux.

Miss Wideland devait partir le lendemain matin; et lorsqu'elle prit congé d'eux, ils lui donnèrent leur parole que l'enfant serait prêt. C'était le plus long voyage qu'il eût jamais fait; et déjà il songeait en lui-même à ce qu'il verrait..... à la forme des arbres, des champs et des ponts qui se trouveraient sur son chemin. Enfin, il rêva toute la nuit de cette course en cabriolet.

Lorsqu'il fit jour, il s'habilla de son mieux, et il allait partir lorsqu'il porta sa main à sa tête. Il est fort singulier que puisqu'il fut convenu qu'il accompagnerait sa bienfaitrice, Davy, son père ni sa mère n'eussent songé à une chose, qui était qu'il n'avait pas de chapeau pour y aller. Ils en furent tous très-fâchés; mais ils ne pouvaient à peine s'empêcher de rire de leur propre folie et de leur oubli. Mais Davy n'eut pas envie de rire, lorsque son père lui déclara qu'il ne pourrait pas y aller, et lui dit en même temps :

« Tu sais, mon enfant, que je désire que tu aies un chapeau; mais en désirer un, ce n'est pas l'acheter; et ce qu'il y a de sûr, c'est que je n'ai pas d'argent. »

Davy pleura à chaudes larmes. Il n'est peut-être pas en Angleterre un petit garçon qui, en sa place, n'en eût fait autant. Mais au milieu de ses pleurs, il demanda qu'on lui permît de se rendre auprès de Miss Wideland. « Peut-être, dit-il, qu'elle m'emmenera avec elle sans chapeau. »

Son père dit que sous aucun prétexte il ne fallait aller chez M. Wideland, si ce n'était uniquement pour dire qu'il ne pouvait pas être du voyage.

« En ce cas, je pars », répliqua Davy; et il s'enfuit de la maison en s'essuyant les yeux avec le pan de son habit. Il traversa la prairie aussi vite qu'il eut jamais fait de sa vie, et trouva le cabriolet à la porte.

La jeune dame allait monter en voiture, et dit, en tenant les rênes dans sa main : « Allons,

Davy, viens te placer à côté de moi »; mais dans ce moment elle fit aussi réflexion que l'enfant ne pouvait pas faire deux lieues et demie tête nue. Quel parti prendre ? Tous les vieux chapeaux de la maison étaient de beaucoup trop larges pour lui. Même Abel Cloutman, le garçon du fermier, avait la tête deux fois plus grosse que celle de Davy; mais la tête d'Abel avait beaucoup grossi, et il avait dans sa chambre un vieux bonnet de poil, qu'il avait fait depuis longtemps de la fourrure d'un chat.

On lui donna ordre de le descendre. Quand on l'eut épousseté, et qu'on en eut ôté toutes les mites, on trouva qu'il lui convenait, et qu'il ferait parfaitement son affaire. Il monta donc, et prit place à côté de Miss Wideland, et le cheval étant bien disposé, ils partirent le cœur en joie. Ils pouvaient effectivement en ressentir, car les arbres commençaient à pousser de nouvelles feuilles ; l'air était doux ; le soleil brillait d'une manière charmante. Au bout d'une demi-heure, Davy se trouva dans une terre étrangère, et se mit à faire à Miss Wideland une foule de questions.

CHAPITRE V.

Comme Davy ne craignait pas de dire sa façon de penser à sa bienfaitrice, il fit à Miss Wideland une foule d'observations sur ce qu'il voyait en passant, et sur ce qu'il distinguait de loin. Ils montèrent une colline au haut de laquelle ils découvrirent le pays environnant, et d'où Davy trouva le monde beaucoup plus grand qu'il ne se l'était imaginé. Leur conversation roula entre autres choses sur les chapeaux; et Miss Wideland lui demanda combien de temps il avait été sans en avoir, et quelle en était la cause?

« J'en avais un l'été dernier, dit Davy; il était assez bon; il n'avait qu'un trou, et j'aurais pu le raccommoder. Mais Jack Greenway et moi nous allâmes cueillir des noisettes; il y a long-temps de cela, car c'était avant qu'il tombât de la neige; nous nous enfonçâmes dans le milieu des bois, et nous en trouvâmes beaucoup; nous en remplîmes nos chapeaux, et nous voulions encore en avoir plein nos poches. Nous posâmes en conséquence nos chapeaux au pied d'un arbre, et nous nous en éloignâmes pour cueillir encore des noisettes, jusqu'à ce que je dis à Jack qu'il était temps de retourner à la maison; mais il ne voulut pas s'en revenir. Nous restâmes un peu plus long-temps, et il était presque nuit. Nous courûmes chercher nos chapeaux, mais nous ne pûmes retrouver l'arbre au pied duquel nous les avions laissés. Nous

nous mîmes à pleurer tous les deux, parce que l'obscurité devenait de plus en plus profonde, et nous fûmes obligés de nous en retourner à la maison sans chapeaux. Nous en parlâmes beaucoup pendant notre route; et je crois que le père de Jack le battit à cause de cela; mais il en acheta bientôt un autre, car son père tient le cabaret du Dragon, et gagne beaucoup plus d'argent que le mien. »

« De sorte donc que tu perdis tes noisettes et ton chapeau? dit Miss Wideland à Davy. »

» Oui, madame, et je crois

que j'aurais perdu aussi mon souper, si mon grand-père n'avait pris mon parti. Mon père dit que c'était une affaire très-malheureuse, et que si je ne pouvais pas trouver mon chapeau le lendemain, il faudrait que je restasse nu-tête. C'est ce qui a toujours eu lieu depuis; car Jack et moi nous allâmes, le lendemain matin, renouveler nos recherches dans le bois; mais nous ne pûmes trouver l'arbre près duquel nous les avions laissés. Peut-être que quelques autres petits garçons les trouvèrent, et que quelqu'un d'entre eux avait besoin d'un chapeau, comme moi depuis ce temps-là. C'est aussi l'opinion de mon grand-papa. »

« Et ton père ne te donne-t-il pas quelquefois des coups, Davy? »

« Non, madame; seulement, quand il est très en colère, il m'adresse la parole pour me dire que je ne l'aime pas, et il ne veut pas absolument m'écouter quand je lui réponds que je l'aime. Je suis sûr que je l'aime malgré tout. »

Tandis qu'il racontait ainsi son histoire, ils passèrent sur un beau pont, situé sur une rivière dont les eaux claires et limpides baignaient les murs d'un château. Il y avait, sur cette rivière, un batelet élégant, la voile déployée, et portant une société de dames et un jeune homme qui jouait de la clarinette. Cela était tout-à-fait nouveau pour Davy : il ne s'était jamais imaginé que le vent pût, par son souffle, faire voguer du monde sur l'eau. Miss Wideland lui dit que sur l'Océan un vaisseau cinglait de la même manière, et qu'il y en avait qui pouvaient porter cent grosses pièces de canon et mille hommes.

« Allons-nous en voir de pareils sur notre route ? dit Davy. »

Cette question était naïve ; mais la première idée que nous avons des choses est fort souvent assez naïve.

Le cabriolet alors enfila une grande route, sur laquelle ils rencontrèrent un superbe régiment de cavalerie. C'était un noble spectacle, et Davy demanda si son frère VVill portait un habit semblable à celui de ces militaires ?

« Non, reprit Miss VVideland; ton frère sert dans l'infanterie, et il est à bord d'un navire semblable à ceux dont je viens de te parler. »

Davy alors fixa ses regards sur le pays environnant, au point de s'en fatiguer la vue; mais Miss Wideland ne regardait qu'un cavalier qui descendait la colline qui était devant eux; et quoique son petit valet-de-pied lui fît remarquer çà et là des troupeaux, des arbres et des églises à la portée de la vue, elle ne faisait attention ni à lui, ni à ce qu'il disait.

Le cavalier les joignit bientôt. Il était monté sur un superbe cheval bai, et il ne fut pas plutôt arrivé près du cabriolet, qu'il retourna sur ses pas avec eux, tout en donnant à entendre que Davy pourrait peut-être monter son cheval, tandis qu'il se placerait dans la voiture à côté de la dame. Mais Miss Wideland ne voulut nullement permettre que Davy se confiât à un cheval aussi fougueux; car elle avait promis à ses parens de prendre soin de lui.

Le nom de ce cavalier était Stanmore. Il s'appuyait souvent

sur l'un des côtés du cabriolet, et disait à Miss Wideland qu'il était enchanté de la voir. Il était jeune, et paraissait aussi plein d'ardeur que son cheval. Ils firent route ensemble lentement pendant le dernier quart de lieue, et descendirent enfin chez mistress Meadowly: c'était le terme de leur voyage, car cette bonne dame était la tante de miss Wideland.

M. Stanmore était sauté à bas de son cheval, et il avait enlevé la jeune demoiselle du cabriolet avant qu'aucun domestique pût venir à leur aide. A la fin arriva le vieux John Harrows, domestique de Madame Meadowly, qui se chargea des chevaux et de la voiture. Mr Stanmore conduisit la jeune dame dans le salon, et Davy fut envoyé à la cuisine, où on lui servit des gâteaux et de l'aile chaude.

CHAPITRE VI.

La servante se nommait Betty. C'était une fille d'un bon naturel, mais qui aimait à connaître sur chacun tout ce qu'il était possible de savoir. La petite jolie figure de Davy lui plut beaucoup; elle lui donna un tabouret près du feu; et elle lui fit un grand nombre de questions, comme celles-ci : Combien il avait de frères et de sœurs? quel était son âge ? Et ensuite elle le questionna tant qu'elle put sur le Monsieur qui était venu à cheval avec eux.

Davy dit qu'ils l'avaient rencontré sur la route.

« As-tu entendu prononcer son nom ? dit Betty. »

« Oui, répliqua Davy : Miss Wideland l'a appelé M. Stanmore. »

« Je l'avais bien pensé ainsi, dit-elle : j'ai entendu un peu parler de lui. Je verrai quand je servirai le dîner. Et la demoiselle lui parlait-elle avec bonté ? Qu'est-ce qu'elle lui disait ? »

« Je n'ai pas entendu tout ce qu'elle lui disait, répondit Davy, mais elle paraissait contente. »

Ils parlaient ainsi, lorsqu'un chien d'une taille énorme entra, et s'avança vers Davy, qui se leva; car lorsqu'il était assis, la tête du chien était aussi haute que la sienne, et il en avait une peur extrême. Mais Betty se mit à lui crier : « Veux-tu courir, grande bête? et emporte cela, » en lui jetant un gros os qui n'était pas tout-à-fait dégarni. Cet os était si gros, que Davy crut, au premier coup-d'œil, que c'était une pièce de viande; et, quand le chien fut sorti, il dit que sa mère eût été contente de l'avoir (1); et il ajouta qu'il avait à la maison un chien, mais qu'il n'était pas si gros que celui-là, et qu'il espérait bien qu'il ne le serait jamais; mais que s'il pouvait dé-

---

(1) En Angleterre, on ne donne pas d'os aux chiens; la viande s'y vend en grande partie désossée, et les bouchers mettent de côté les os pour les vendre à de pauvres femmes qui en font trafic, et les portent aux établissemens où l'on en fait de la gelée dans des digesteurs ou marmites de Papin. Les animaux domestiques n'y sont donc nourris que d'issues. (*Note du Trad.*)

rober un morceau de viande à ce gros chien, il le porterait à la maison pour Pity. Betty lui en donna tout de suite un morceau, qu'il mit soigneusement dans sa poche.

Il restait encore assez de temps à Davy avant l'heure du dîner, pour qu'il allât faire un tour de promenade. Betty appela le garçon pour aller avec lui, et lui dit de lui faire voir les environs; mais à peine entré, il le regarda avec l'air d'un fou. Ce Jack Bramble était un très-grossier personnage, d'un fort mauvais naturel; et il se moqua du bonnet de poil de Davy. Il ne s'inquiétait pas beaucoup de Betty, ni de qui que ce fût. Il appela Davy *tête de chat*, et lui donna quelques autres sobriquets. Betty, pour son impertinence, lui jeta le rouleau de la cuisine, qui résonna sur sa tête et sur ses épaules, comme il fermait la porte.

Betty était en colère ; ce qui est toujours mal ; mais, dans sa colère, elle lui dit avec raison, « qu'il était honteux pour un grand garçon comme lui d'en insulter un petit, et surtout un étranger. » Betty avait grandement raison; car, de toutes les mauvaises coutumes, celle d'insulter un étranger est la pire.

Davy, en conséquence, alla se promener seul, mais il eut grand soin de ne pas perdre de vue la maison. Lorsqu'il fut de retour, il dit qu'il avait causé avec deux petits garçons qui gardaient les moutons sur la colline, et qu'il s'était élevé entre eux une dispute sur les moutons, car ils ne ressemblaient pas à ceux de M. Wideland. Ceux-ci avaient la tête blanche, et n'avaient pas de cornes. Les deux garçons soutenaient que leurs moutons étaient les plus beaux de toute l'Angleterre ; mais lui ne croyait pas qu'ils valussent mieux que ceux de M. Wideland. C'était l'heure du dîner, et Betty ne pouvait s'arrêter pour écouter tout ce qu'il avait à dire.

Quand le dîner fut fini dans la salle (1), Davy eut le sien

---

(1) Nous avons eu souvent l'occasion de faire connaître que chez les Anglais le parloir est une pièce ordinairement par bas, destinée à recevoir le monde avec lequel on ne fait pas de cérémonie, où l'on mange et où l'on se tient une grande partie de la journée.

(*Note du Trad.*)

dans la cuisine avec Betzy, John Harrows et Jack Bramble. Le dernier se mit encore à tourner en ridicule le bonnet de Davy, qu'il avait posé sur la table de cuisine; mais il se rappela le rouleau, et il resta bientôt tranquille.

Après leur repas, Betzy, tout en faisant son ouvrage, se mit à chanter une ballade que Davy n'avait jamais entendue auparavant. Elle dit qu'elle était toute nouvelle, car elle l'avait achetée à la foire dernière; et lorsqu'elle apprit de Davy que son frère Will était soldat, et que sa mère chantait quelquefois lorsque son père se portait bien, elle lui donna la ballade, et le chargea de la remettre à sa mère.

Betzy continuait toujours son chant et son ouvrage, lorsque Miss Wideland entra, prit Davy par la main, et le conduisit dans le parloir auprès de sa tante et de Mr Stanmore.

« Voilà mon valet de pied, dit-elle, et je vous assure qu'il a beaucoup plus de jugement que ces lourdauds d'enfans qui ont deux fois sa taille. »

Davy fut obligé de répondre

à beaucoup de questions, et, après qu'on lui eut fait boire un demi-verre de vin (1), il lui fallut donner le détail de ce qu'il avait vu sur la route; ce qu'il fit, à la grande satisfaction de la société. Cependant il ne se trouvait pas aussi heureux qu'il l'eût été à la maison, et il fut bien aise d'entendre dire à Miss Wideland qu'il était temps de mettre le cheval au cabriolet, parce qu'elle désirait arriver de jour chez elle. Mr Stan-

---

(1) Faveur insigne en Angleterre, à cause de sa cherté.

more lui donna une pièce de six pences au moment où il sortait de la salle, et Mistriss Meadowly lui en donna une autre, et un gâteau au fromage pour Jane. Quand il rentra dans la cuisine pour aller chercher son bonnet, Betzy remplit de pommes les poches de son habit, et le chargea de nouveau de donner la ballade à sa mère. Le cœur aussi léger qu'une plume, il prit place dans le cabriolet; et aussitôt que Miss Wideland put se séparer de Mr Stanmore, ils se dirigèrent vers la maison.

La jeune Lady revint par une

autre route que celle qu'elle avait suivie en allant; car ils traversèrent un parc d'une très-grande étendue, sur une pelouse unie, pendant toute une lieue, et passèrent devant de beaux groupes de pins de Lithuanie, et plusieurs troupeaux de daims. Lorsque la voiture approcha de ces animaux, ils coururent en pelotons avec des bonds si bizarres, que Davy s'écria : « On dirait qu'ils ont l'air de sauter par gageure. » Le petit valet de pied se mit alors à jaser davantage et plus vite qu'il ne l'avait fait dans le voyage du matin; et comme il avait appris quelques couplets de la chanson de Betzy, il s'amusa à les chanter pendant la moitié du chemin. Miss Wideland lui demanda si Betzy ne lui avait pas donné quelque chose à boire à la cuisine?

« Oui, Madame, dit-il très-innocemment, elle m'a donné deux fois de la petite bière. »

« Tu n'es donc pas gris? dit-elle. »

« Non, Madame; je suis seulement si content, que je puis à peine m'empêcher de pleurer de joie. »

Ils arrivèrent chez Mr Wideland vers le coucher du soleil; et Davy, qui pouvait à peine contenir son allégresse, traversa la prairie en courant, pour conter sa bonne fortune et ses aventures à son père et à sa mère.

CHAPITRE VII.

« Me voilà, ma mère, » s'écria Davy en donnant à Jane son présent; et, plaçant ses pommes sur la table, « J'ai encore autre chose sans cela. »

Il tira son argent de sa poche. Chacun lui dit : « Nous voyons bien que te voilà de retour; mais qu'est-ce que tu as sur la tête? Tu n'as pas fait la route avec ce bonnet? L'avais-tu sur la tête?

« Oui, j'ai fait la route avec, répliqua-t-il, et il m'appartient aussi. »

Ils furent enchantés de la relation qu'il leur fit de son voyage, et sa mère lui fit raconter tout ce qu'il savait de Mr Stanmore; car elle ne le connaissait nullement; mais elle apprit bientôt de Davy que Miss Wideland avait causé avec lui plus qu'avec sa tante; et comme elle lui demanda en outre, s'il avait vu Mr Stanmore chez Mr Wideland, Davy répondit non; mais qu'il pensait que Miss Wideland devait déjà l'avoir vu auparavant, parce que comme il se retournait dans la salle pour faire un salut, il avait vu leurs deux visages très-rapprochés, et que Mr Stanmore lui avait dit : « Va-t-en, petit espiègle. » Mr Woodly ne put s'empêcher de sourire ; mais Davy continuant de parler, dit : « Je doute que mon grand-père ait jamais été aussi loin que j'ai été aujourd'hui. »

C'est ainsi que ce pauvre garçon exprima sa joie, et qu'il fit voir à ces bons cœurs, qu'il aimait autant les personnes qui leur faisaient du bien, que ceux qui lui en faisaient à lui-même.

Au milieu de sa joie, le petit chien vint, en se glissant sous son escabelle, mettre ses pattes sur son genou; il se rappela aussitôt le morceau de viande que Betzy lui avait donné, et Pity eut un bon souper.

Le vieux Woodly exhala de sa pipe des flots de fumée plus forts que de coutume, et dit :

« C'est un bon enfant que Davy; il aura un aussi bon caractère que mon fils; celui-ci n'avait qu'un défaut, celui d'être un peu entêté ».

Chacun alors examina le bonnet de poil, et le retourna en

tous sens; tous furent d'accord qu'il lui suffirait pendant quelque temps, et qu'il fallait en avoir soin. Davy répondit :

« J'en suis assez content; mais vous savez, mon père, que ce n'est pas là un chapeau neuf! »

Cela était très-vrai; et son père l'assura qu'il aurait un chapeau à la foire de Brookside, où il irait dans le mois de Mai avec une charretée de balais. C'était bien du temps à attendre; et d'ailleurs sa mère dit, avec un profond soupir, qu'elle craignait que Mr Snapgroat n'eût une grande partie de cet argent pour le pain qu'ils avaient mangé pendant l'hiver. Quoi qu'il en soit, elle ne voulait pas faire de la peine à Davy, et elle n'en dit pas davantage ; mais elle s'occupa beaucoup du jeune Stanmore, dont son garçon venait de parler ; car elle voyait évidemment de quelle conséquence extrême il est pour les pauvres que leurs riches voisins soient bons et compatissans.

Davy réfléchissant alors en lui-même comme pour s'assurer qu'il s'était acquitté de toutes les commissions dont on l'avait chargé, fouilla dans toutes ses poches, en tira la ballade, et dit :

« Ma mère, j'ai quelque chose pour vous; Betzy m'a donné cette ballade; elle est faite sur un militaire: je voudrais que vous puissiez l'entendre; elle a la voix bien plus forte que vous. »

Sa mère prit la ballade, et commença à la lire; mais elle s'arrêta au milieu, parce qu'il y était question du soldat Will; et, la jetant par terre, elle passa précipitamment dans une pièce voisine. Le bonhomme Woodly la ramassa, et considéra sa bru d'un air de tendresse inexprimable, et avec le plus vif intérêt. Mais Davy ne savait comment expliquer tout cela. Il avait vu souvent sa mère pleurer, c'était son expression quand elle était extrêmement joyeuse; mais il ne voyait rien dans cette ballade qui pût lui faire plaisir, si ce n'est qu'il y était question de son frère Will. Le vieillard leur fit lecture de cette ballade comme il suit; car Mistriss Woodly était revenue de suite, et Davy gardait le plus profond silence.

BALLADE.

Mon Guillaume était gai comme les oiseaux au matin, et son regard était rempli d'un tendre amour. Son courage et sa force donnaient à mon cœur un avis certain, qu'il me défendrait si le danger était proche. Il se promenait à travers les prairies, lui, la fleur du vallon, et nous étions convenus de nous marier en mai prochain; mais les soldats, au cœur impitoyable, l'ont enlevé à la pauvre Sally. Oh! qu'elle fut déplorable, l'heure où ils le contraignirent à s'éloigner!

Guillaume peut-il trouver du plaisir dans l'incendie d'un village? à marcher dans le sang dans un terrible combat ? Son plaisir était d'être à la maison, et d'employer ses forces au labourage, et j'aurais été sa femme honnête et fidèle. Oh ! quand le vent mugit, et que les sombres vagues sont agitées, que les amantes qui ont leurs amans sur mer sont désolées ! Mon amant est un soldat errant dans les pays étrangers, et Guillaume peut mourir loin de l'Angleterre et de moi.

Qui, alors, excepté de grossiers soldats, le veillera à l'instant de sa mort ? et qui, hormis ses camarades, lui creusera une fosse ? Mon cœur est trop faible...... Je ne puis cesser de gémir, en pensant combien le brave est abandonné quand il meurt! Mais la paix peut revenir ; toutes les cloches sonneront quand les jeunes guerriers ne courront plus après la gloire. Je pourrai pleurer avec délices pendant que mon Guillaume chantera, et devenir une épouse quand mon soldat sera de retour!

Un petit garçon fait rarement une plus sotte figure que quand il est las, et qu'il a envie de dormir, et qu'il refuse d'aller se coucher. Davy n'était pas de cette trempe. Il s'était presque endormi avant d'avoir dit ses prières; et comme son père ne se portait pas bien, ils allèrent se coucher au même instant; mais Mistriss Woodly avait au feu tous ses fers à repasser (car c'était un samedi soir) (1), et

---

(1) Chez les Anglais, c'est-à-dire chez les fermiers à la campagne; dans les villes, chez les ouvriers, les marchands et les bourgeois, le samedi est ce qu'ils appellent *cleaning day* (jour consacré à la propreté) savonnage, repassage du linge, nettoyage, lavage des escaliers et des parquets, ablution du pas de la porte, lotion de l'embrâsure des croisées; tout se fait ce jour-là, et c'est fort mal prendre son temps que d'aller rendre visite à un Anglais le samedi soir.

(*Note du Trad.*)

le bon vieillard s'assit auprès d'elle, et lut différens chapitres du livre de Job, jusqu'à ce que tous deux eussent senti leur âme calme et satisfaite. Ils se retirèrent très-tard pour aller se reposer, après avoir adressé à l'être suprême la prière la plus fervente qui jamais fût sortie de la bouche d'êtres souffrans et vertueux.

CHAPITRE VIII.

LE DIMANCHE est un jour de repos. Un village est tranquille et paisible en tout temps, mais il est encore plus tranquille un dimanche matin. On n'entend pas la charrette du meûnier passer, ni les chevaux de labour, avec le cliquetis de leurs chaînes, allant aux champs (1) ; même les petits bouviers, quoiqu'ils mè-

(1) En Angleterre, tous les traits de char-

nent par-ci par-là les vaches dans les prairies, ne sont pas si mal appris que de chanter ou de crier chemin faisant. Tous les villageois, quoiqu'ils n'aient pas d'habits somptueux et d'une couleur brillante, se mettent aussi proprement qu'ils le peuvent.

Aussitôt après le déjeûner, le sacristain de la paroisse passe avec la grosse clef de l'église dans sa main, et, un instant

---

rue, de tombereaux et de toutes les voitures de fatigue, sont de fer.

(*Note du Trad.*)

après, on entend commencer le carillon des cloches. Il ne s'entend pas, comme dans les grandes métropoles, mêlé à d'autres sons et à d'autres bruits; mais comme il n'a lieu qu'une fois par semaine, il est toujours agréable, toujours nouveau, et chacun sait ce qu'il signifie.

La famille de Woodly logeait à quelque distance de l'église; mais elle entendit les cloches, et Davy s'y rendit avec son grand-père, comme ils faisaient toujours. Mistriss Woodly se disposait à les suivre, et comme elle mettait son chapeau et déplissait son tablier blanc (1), Woodly fils, qui lisait la Bible, dit à voix basse : « Ciel miséricordieux, délivre-moi de toute espèce d'inquiétude ! » Plusieurs dimanches s'étaient écoulés sans qu'il eût paru à l'église, et il n'avait pas l'intention d'y aller ce jour-là ; mais sa femme l'ayant prié de l'y accompagner, il lui répon-

---

(1) Aucune Anglaise, soit de la ville, soit de la campagne, ne peut sortir sans chapeau ; elle paraîtrait étrange en bonnet. Cet usage a pour but de favoriser une grande branche d'industrie.

(*Note du Trad.*)

dit : « Je ne goûte plus le plaisir que j'éprouvais autrefois à aller à l'église ; je suis devenu pauvre ;...... je ne suis point vêtu décemment ; ces temps malheureux m'ont ruiné, et je ne puis être ce que j'étais ; et quoique au fond du cœur je méprise le rire moqueur d'un sot, je sais néanmoins que le garde-chasse du seigneur, et quelques autres, me feront connaître qu'ils ont de plus beaux habits que moi, quoique, peut-être, ils ne soient pas leur propre acquisition. »

Mistriss Woodly fut vivement

affectée de l'entendre parler de la sorte, quoiqu'elle sût que cela était vrai; et elle continua de le presser tendrement de l'accompagner, en lui disant que cela soulagerait son cœur, et que ce serait mieux à tous égards que de rester à la maison; mais il répondit toujours non.

« Eh bien! en ce cas, j'y vais, reprit-elle, quand ce ne serait que pour demander au ciel le retour de la paix, et que je puisse revoir mon pauvre Will avant de mourir. »

En entendant le mot de paix et le nom de son fils, Woodly

se leva tout-à-coup, brossa son chapeau et ses souliers, et se rendit à l'église avec sa femme. C'était un des chantres des psaumes, et il fut vu avec plaisir par plusieurs de ses voisins; et il a dit souvent depuis qu'il n'avait jamais mieux chanté, ni senti plus de plaisir que ce jour-là.

Le soleil brillait sur toutes les fenêtres, et réjouissait le cœur de tous ceux qui assistaient au service. Aucun bruit ne se faisait entendre, si ce n'était un chuchotement parmi les petits garçons, occasioné par le bonnet de Davy, qui circula d'une extrémité à l'autre du banc des enfans (1); mais le bedeau les mit bientôt à la raison. Il est très-malhonnête et très-scandaleux de causer à l'église.

L'ecclésiastique chargé du prêche était un homme d'un âge avancé, qui connaissait depuis un grand nombre d'années la famille de Woodly. Après l'avoir salué d'un signe de tête,

---

(1) Il y a dans les églises d'Angleterre un banc destiné aux enfans, et qui leur est exclusivement réservé.

(*Note du Trad.*)

comme il traversait le cimetière, à l'issue du service, il lui demanda des nouvelles de sa santé ainsi que de toute sa maison, et lui témoigna le plaisir qu'il avait de le voir si bien portant, et de le voir là. A l'instant même, Will Haynes, le garde-chasse, les dépassa, et jeta un regard de dédain et de mépris sur le pauvre Woodly et sur sa femme, qui alors virent la différence immense qu'il y a entre un sage et un sot.

Ce jour-là, les plus grandes nouvelles du cimetière furent le bruit sourd du prochain mariage de Miss Wideland, mais personne ne savait quand il aurait lieu.

Une jeune femme, nommée Lydia Downs, fit une partie du chemin, en revenant à la maison, avec Mistriss Woodly, et lui demanda, d'un air très-empressé, des nouvelles de son fils Will; car il avait passé tous ses dimanches et tous ses momens de loisir avec Lydia, avant qu'il eût fait la rencontre des recruteurs qui l'avaient emmené de la maison paternelle, et l'avaient déterminé à se faire soldat. Lydia dit que le Seigneur, son maître, croyait que la guerre cesserait dans six mois; et qui sait, ajouta-t-elle, s'il ne reviendra pas à la maison ?

CHAPITRE IX.

Nous avons déjà dit précédemment que Davy devait avoir un chapeau neuf à la foire de Mai, et que son père travaillait durement depuis plusieurs semaines parce que l'époque en était prochaine. La charge de balais était toute prête sous le hangar, mais l'embarras était de se procurer une voiture. Le vieux John Headland était le seul *petit* fermier qui fût resté dans le village, et qui employât une charrette pour faire son ouvrage. Il avait élevé une nombreuse famille; mais tous ses enfans étaient allés loin de lui gagner leur vie. Il était donc satisfait, au temps de la moisson, d'obtenir le secours de quelque voisin pour rentrer sa récolte. Un marché fut bientôt conclu, et fondé sur cet excellent principe : « Un service en vaut un autre. » Le petit fermier prêta sa voiture et ses chevaux au marchand de balais pour le jour de la foire, à condition que, lorsque son orge serait mûre, le faiseur de balais viendrait l'aider à la serrer.

Davy devait aller avec son père à la foire ; mais qui est capable de prévoir ce qui peut arriver pour nous désappointer lorsque nous espérons un plaisir? Le vieillard Woodly tomba malade deux jours avant l'époque désirée, et fut obligé de garder le lit. Comment aurait-il été possible à Mistriss Woodly de veiller et de soigner un malade, et, en outre, de donner ses soins à Jane? Davy fut donc obligé de rester à la maison pour prendre soin de son grand-père; et il remplit cette tâche avec un grand plaisir, parce qu'il savait que s'il avait lui-même été malade, son grand-père lui aurait rendu le même service.

Son père conduisit à la foire la charretée de balais, et Davy se tint au chevet du lit de son grand-père ; et comme il avait entendu sa mère parler d'aller chez le médecin demander un remède pour guérir son grand père, il ne s'attendit plus à avoir un chapeau neuf. Le pauvre homme gémissait et se plaignait tristement ; mais il trouvait une compagnie agréable dans Davy.

Il lui faisait lire différentes parties de son livre de prières et du Nouveau Testament, et lui indiquait où il fallait les chercher. Le petit bon homme savait déjà bien lire, parce qu'il s'appliquait constamment à ses leçons. Le vieillard raconta à Davy un grand nombre de choses qui lui étaient arrivées quand il était petit, et paraissait éprouver la plus grande satisfaction à parler du temps passé. Davy lui ayant demandé quel âge il avait, il fut tout-à-fait interdit de voir des larmes ruisseler sur les joues de son grand-père, pendant qu'il lui répondit : « Depuis quel temps, mon garçon ? Depuis environ soixante-cinq ans ! J'avais alors des frères et des sœurs ; mais je leur ai survécu à tous, et me voilà devenu à charge à ton père et à ta mère ; mais que la volonté de Dieu soit faite ! »

Davy se tenait debout à côté du lit, et il se mit aussi à pleurer, quoiqu'il sût à peine pourquoi.

Le bon vieillard dit que ses peines devenaient si vives, qu'elles lui rappelaient le cheval qui avait été piqué à mort par les abeilles.

Davy demanda dans quel pays cela était arrivé, et combien il y avait de temps?

Maître Woodly lui dit de chercher au fond d'une boîte où il mettait ses livres, et qu'il y trouverait quelques vers qu'il avait faits à ce sujet. « Mets l'autre oreiller sous ma tête, dit-il, et je vais te les lire; cela pourra me faire oublier un instant mes peines. C'est une histoire véritable, Davy; car je t'assure que j'ai vu mourir le pauvre cheval.

LE CHEVAL DU BOUCHER ET LES ABEILLES.

DÉPLORABLE ÉVÉNEMENT RUSTIQUE.

C'ÉTAIT au mois de Juin; le soleil était d'une chaleur brûlante ; les abeilles ramassaient leur provision dorée ; la bride du vieux Dobbin, hasard malheureux ! était attachée à la porte d'un fermier.

Une ruche tomba par accident : la troupe furieuse des abeilles s'éleva par milliers sur les palissades, triste événement à raconter ! où le pauvre vieux Dobbin reposait son nez sans défense.

Pleines de rage, elles se ramassèrent autour de sa tête ; il rompit la bride, rua, s'échappa, et, furieux, vola dans les bas pâturages ; mais elles, aussi furieuses, se collèrent autour de lui.

Son maître vint, le fermier aussi, et tous ceux qui se trouvaient à la maison; de plusieurs coups de branches, ils abattirent les abeilles, et en écrasèrent sous leurs pieds des milliers.

Mais elles percent encore ses yeux boursoufflés ; elles s'amoncèlent autour de ses lèvres et de sa langue. L'aiguillon de la mouche est aigu ; mais les abeilles irritées piquent plus mortellement.

Sa gorge, enflammée par mille blessures, se gonfle ; il lève et abaisse son flanc palpitant, jusqu'à ce que sa respiration ne trouve plus de passage... Tel fut le genre de mort de Dobbin.

Sa perte fut très-sensible au boucher; il le regarda, pleura, et le regarda encore; car peu d'animaux furent plus estimés, et peu moururent dans de plus grandes douleurs.

Tandis que Davy plaignait le pauvre cheval, et que maître Woodly posait le papier et gémissait tristement comme auparavant, Abel Cloutham, attaché au service de M. Wideland, entra, et posa à terre un panier contenant une bouteille de vin et un petit poulet, en disant que M. Stanmore était chez M. Wideland, qu'il avait parlé de Davy, et qu'apprenant que maître Woodly était malade, lui et sa jeune future lui envoyaient un petit cadeau, et désiraient savoir comment il se portait?

« Je me porte fort mal, répondit le vieillard; mais ils sont bien bons, et je les remercie. » Puis, penchant sa tête sur le devant de son traversin : « Je vois, dit-il d'une voix plus douce, que cela vient de cette bonne âme, de Miss Wideland; et si jamais je puis retrouver des forces pour marcher, le premier usage que j'en ferai, ce sera d'aller moi-même la remercier. »

CHAPITRE X.

Le père de Davy revint à la maison fort tard, après avoir laissé la charrette et les chevaux chez son voisin Headland. Il apporta une fiole de médecine de chez le médecin, qui coûtait deux schellings; et comme son père en avait déjà pris deux, il avait déboursé une somme qui eût suffi à l'achat de deux chapeaux neufs pour Davy; mais ils eurent le plaisir de voir la santé du malade s'améliorer de jour en jour; et il fut bientôt en état de sortir, ou de s'asseoir, dans son fauteuil favori, au sommet du jardin. Là il écoutait le babil de Davy, ou quelquefois chantait des psaumes. Il y avait quelque chose de bizarre à entendre chanter des psaumes en plein air; mais ils avaient un merle qui chantait toujours dans la haie du jardin, et des linottes et des grives sans nombre qu'ils pouvaient tous entendre chanter depuis le matin jusqu'au soir; et qu'étaient ces chants, sinon des psaumes? Les haies étaient blanches des fleurs de Mai, et il était impossible de mettre le pied dans un pâturage sans y fouler une primevère. Le cœur qu'un pareil spectacle ne pourrait réjouir, doit nécessairement être très-malheureux, très-insensible ou très-méchant.

Tout paraissait encore une fois sourire à cette famille. C'est ainsi, de semaine en semaine, que se passa l'été, et rien ne pouvait donner plus de plaisir, que de voir les approches de la moisson amener un bonheur général; et quand elle fut mûre, les fermiers dirent eux-mêmes qu'ils n'en avaient pas vu de plus belle depuis beaucoup d'années.

L'époque des travaux de la moisson arriva bientôt. M. Woodly, d'après sa convention, aida son voisin Headland à serrer son orge, pendant que Mistress Woodly et Davy allaient tous les jours glaner dans les champs de froment dont la récolte avait été faite, avec toutes les pauvres femmes et tous les enfans de la paroisse. Jane y allait aussi, et quand elle s'endormait, sa mère l'étendait au soleil sur une butte de gazon, où elle dormait aussi profondément que dans un lit. Ils glanèrent pendant la durée de la moisson une quantité de bon grain, et avaient l'espérance de passer l'hiver sans les craintes qu'ils avaient eues dans le précédent.

La nouvelle du jour parmi les glaneuses était que Miss Wideland se marierait après la moisson, et que M. Stanmore aurait la ferme du seigneur, attendu que ce dernier était dans l'intention de vivre à Londres. Tout cela se trouva vrai, quoique l'on en puisse rarement dire autant des contes débités aux champs ou dans le cimetière.

Personne n'aimait le garde-chasse Will Haines ; c'était un insolent personnage, et tout le monde était content de ce qu'il allait partir. Il était même généralement reconnu que le seigneur n'avait pas fait autant de bien dans le voisinage, que sa fortune et son rang le lui permettaient ; et des seigneurs de cette espèce font aussi bien de vivre à Londres que dans tel autre lieu que ce soit.

Le mois de Septembre était

arrivé. Les jours devenaient plus courts, et tous les visages étaient hâlés par le soleil; mais tous les cœurs étaient contens de l'abondance que la terre avait produite. Les riches comme les pauvres commençaient à s'occuper de faire leur provision de bois et de bruyère pour se chauffer pendant l'hiver.

Mais la chose la plus intéressante qui se passa dans la famille de Woodly, fut celle-ci: Miss Wideland s'y rendit un jour, et dit que M. Stanmore serait bientôt leur voisin, et qu'alors il prendrait Davy pour demeurer avec lui; qu'il le ferait habiller, et lui ferait apprendre à écrire et à calculer. « Et je suis sûre, dit-elle, que Davy sera un bon garçon; car je l'ai éprouvé. »

Mistress Woodly la remercia, comme nous le faisons souvent, plus par nos regards que par nos paroles; et Miss Wideland avait bonne envie de s'asseoir, et de dire à la pauvre femme tout ce qui était sur le tapis; mais elle ne le fit pas, pensant peut-être que les jeunes personnes doivent se taire dans de pareilles circonstances, parce que dans un village un mariage est toujours connu assez vite. Aussi Mistress Woodly, qui comprit son intention, ne lui dit que ces mots : « Je suis persuadée que ce Monsieur est digne de vous ; et je vous souhaite une vie longue et heureuse. »

CHAPITRE XI.

Davy n'était pas à la maison lorsque la jeune dame était venue ; mais il fut enchanté quand il apprit qu'il allait demeurer chez sa bienfaitrice Miss Wideland ; et il dit à sa mère qu'il savait qu'elle devait se marier mercredi matin, qu'il l'avait entendu dire ainsi à la domestique ; et cela était vrai ; car le ministre se rendit à l'église, suivi d'une joyeuse compagnie, qui s'était assemblée chez M. Wideland, au milieu de laquelle était M. Stanmore, plein de gaîté et de bonté, et la sensible et modeste Charlotte Wideland.

La moitié de la paroisse se trouva réunie dans le cimetière quand la cérémonie fût achevée, et la plupart des jeunes femmes faisaient des révérences et des signes de tête avec autant de liberté qu'elles osaient se le permettre. Les enfans poussaient des cris d'allégresse, et se roulaient sur le gazon; et les hommes mettaient toutes les cloches en branle. L'année était trop avancée pour avoir des fleurs à jeter sous leurs pas ; mais qui n'aimerait mieux avoir sa marche couverte de bénédictions que de fleurs, même les plus suaves ?

Lydia Downs, quoique domestique du seigneur, ne voulut pas le suivre à Londres, et prit du service chez M. Stanmore. Ainsi elle avait seulement un nouveau maître et une nouvelle maîtresse ; mais la famille du seigneur ne devait partir qu'au milieu d'Octobre. Elle savait que Davy allait demeurer avec elle chez M. Stanmore; mais elle pensait davantage à Will Woodly qu'à Davy.

Environ quinze jours après le mariage de Miss Wideland, M. Snapgroat apporta une lettre de la ville où il avait été acheter des marchandises pour sa boutique. Elle était adressée : *A Lydia Downs, chez Pierre Broughthon, écuyer,* et datée ainsi : *De la Jamaïque*, 10 *Juin* 1801. Quelle joie pour elle de trouver son prétendu fidèle et constant! Les premiers mots de la lettre étaient les plus tendres qu'elle eût jamais lus de sa vie.

Ma chère Lydia,

Je vous écris parce que vous êtes la dernière personne qui me fût chère, que j'ai vue quand j'ai quitté l'Angleterre. Un vaste et dangereux océan roule ses flots entre nous; mais cependant, ma chère fille, j'espère vous revoir encore. Je ne serai jamais heureux que je n'aie ce plaisir. Si jamais je reviens à la maison et que je vous y retrouve en vie, ainsi que les auteurs de mes jours et mon pauvre vieux grand-père, je serai malade de joie. Et quoique j'aie été un fou, et que je vous aie quittée, puis-je espérer, Lydia, que vous n'en épouserez pas un autre avant d'avoir la certitude que je suis mort? Quelquefois au milieu de mes camarades, j'oublie un instant que je suis à une aussi grande distance de la maison; mais je suis assuré de penser à vous tous quand je suis seul. Si mes parens existent, dites-leur qu'à la première nouvelle de la paix, je suis presque certain de les revoir ainsi que vous ; car notre régiment doit retourner en Angleterre. Je voudrais vous voir lire cette lettre, je pourrais dire alors si vous vous occupez et si vous vous souciez toujours de votre ancien et fidèle amant,

William Woodly.

P. S. Dites à mes amis que je me porte bien. Mille bénédictions sur vous, ma chère. Si j'écris un mot de plus, je pleurerai, et mes camarades se moqueront de moi.

Si William eût réellement vu Lydia lire cette lettre, il eût fallu qu'il eût été aveugle, pour ne pas être convaincu qu'elle se ressouvenait sincèrement de lui. Les yeux baignés de larmes, elle se hâta de mettre la lettre dans son sein, et se rendit auprès de Mistress Woodly; mais elle fut obligée de revenir sur ses pas chercher son chapeau, que, dans son empressement, elle avait oublié. Elle recommença donc sa route; et comme les gens se mettent souvent à courir quand ils sont satisfaits, ainsi courut

Lydia ; et quand elle arriva, elle était si hors d'haleine, qu'elle ne put que dire : « Votre fils Will ! » Mais elle donna aussitôt la lettre à M. Woodly, qui la lut tout entière, mais qui se trouva tellement affecté, qu'il alla dans la cour, et les laissa à eux-mêmes.

Mistress Woodly la lut ensuite avec toute la tendresse d'une mère ; et le vieux maître Woodly mit ses lunettes, la lut aussi, et dit : « Je savais bien que le jeune homme vous serait fidèle, Lydia ! je le savais. Il y a toute apparence que nous le reverrons, et que nous serons plus heureux que nous ne l'avons été. »

CHAPITRE XII.

Lydia s'en retourna à la maison, le cœur plein de joie et d'espérance; et, à peine dix jours s'étaient écoulés, que servant à table, elle entendit annoncer que, d'après des nouvelles de Londres, la paix était signée. Le seigneur du village le lut lui-même; et comme il avait fait un pari sur le temps que durerait la guerre, et qu'il avait gagné son pari, il se leva de table, et jeta des cris de joie aussi forts qu'il le put.

Lydia tremblait de tous ses membres; et sans s'arrêter à examiner qui pourrait remplir sa place ou servir son maître, elle quitta la chambre à l'instant, et courut aussi vite qu'auparavant chez Mistress Woodly, qui remercia Dieu pour cette nouvelle, d'une manière à attendrir des pierres, de la voir et de l'entendre.

Davy, instruit que son frère Will allait bientôt revenir, fit plus de questions qu'on n'avait de temps pour y répondre. Ils parlaient si haut, que Pity aboya avec eux. La nouvelle mariée, Mistress Stanmore, vint presque aussi vite que l'avait fait Lydia, et apporta les mêmes nouvelles. Elle dit que le prix du blé baisserait, et qu'ils verraient des temps meilleurs.

Durant cet intervalle, le père de Davy était sorti, et personne ne savait où il était allé. La vérité était que, charmé de ce qu'il avait entendu, il avait sur-le-champ couru à une petite ville de marché, à la distance de trois quarts de lieues, pour s'assurer si la nouvelle était vraie, et acheter quelque chose dont il avait désiré depuis long-temps faire l'emplète pour son petit Davy. Comme ils parlaient de lui, ils le virent qui traversait un champ, à la distance d'un quart de lieue. Il entra bientôt, et leur parut aussi au comble de la joie; car il avait entendu la nouvelle de la paix, et il avait laissé la ville toute en mouvement. Ils parlèrent ainsi tous ensemble, à l'exception de maître Woodly, qui, assis dans son fauteuil, causait avec lui-même, et goûtait peut-être autant de plaisir qu'aucun d'eux.

Mistress Stanmore et Lydia s'arrêtèrent aussi long-temps qu'elles le purent à causer de ces bonnes nouvelles, et les laissèrent aussi riches en bonheur qu'aucune famille de l'Angleterre.

Il était presque nuit; et comme le père de Davy avait fait du chemin et qu'il y avait long-temps qu'on avait dîné, Davy prit le soufflet et fit flamber le bois; sa mère, de son côté, mit deux cuillerées de thé de plus que de coutume dans la théière bleue, pour qu'il fût aussi bon qu'agréable. Le feu brilla avec vivacité sur le plancher, et Davy demanda à son père ce qu'il avait été faire dehors, et qu'est-ce qu'il avait apporté dans ce paquet de papier brun qui était sous la table ?

« J'ai été, répondit son père, pour me satisfaire autant que toi, mon garçon. Je n'avais rien voulu te dire de mon voyage, de peur que tu ne fusses désappointé comme tu l'avais déja été auparavant. »

Ici le vieillard dit avec finesse : « Davy, je crois que je devinerais bien ce que c'est. » — « Et moi aussi, » dit sa mère.

« Oui, oui, mon père, dit M. Woodly, vous pouvez le deviner et ma femme aussi; car elle sait combien cela me tenait au cœur; et vous savez tous deux que le pauvre enfant a été une année entière sans chapeau. Et tandis que nous étions obligés de recevoir des secours de la paroisse, je n'aurais pas fait du chapeau le cas que j'en fais aujourd'hui, que je l'ai acheté de mon argent. Viens ici, Davy. »

Mettant alors le *chapeau* sur la tête de l'enfant, il parut aussi satisfait que Davy lui-même. C'était une conquête sur la pauvreté. Son cœur était enflammé de l'orgueil d'un père ; et sans quelque orgueil semblable, nul père n'achetera de chapeaux neufs à ses garçons, ni aucun garçon ne fera ses efforts pour être le premier de son école.

Si donc quelque sage enfant lit cette histoire, et s'il a été très-pauvre et souvent déçu dans ses espérances, je lui conseille affectueusement d'avoir de la patience, et de se rappeler le CHAPEAU NEUF DU PETIT DAVY.

FIN.

DE L'IMPRIMERIE DE CORDIER.

TABLE.

FIN DE LA TABLE.

www.ingramcontent.com/pod-product-compliance
Ingram Content Group UK Ltd.
Pitfield, Milton Keynes, MK11 3LW, UK
UKHW020334230726
13925UKWH00002B/795